# PAUL BUNYAN

Un cuento fantástico,
relatado e ilustrado por

## STEVEN KELLOGG

Traducido por Aída E. Marcuse

MORROW JUNIOR BOOKS · NEW YORK

Printed in the United States of America.   10  9  8  7  6  5  4  3  2  1

Morrow Junior Books Spanish-language edition (1994): ISBN-0-688-13614-1

The Library of Congress has cataloged the Morrow Junior Books English-language edition as follows:

Kellogg, Steven.    Paul Bunyan.

Summary: Recounts the life of the extraordinary lumberjack whose unusual size and strength brought him many fantastic adventures.    1. Bunyan, Paul (Legendary character)—Juvenile literature.

[1. Bunyan, Paul (Legendary character).    2. Folklore—United States.    3. Tall Tales]  I. Title.   PZ8.1.K3Pau   1984

398.2´2´0973 [E]   83-26684

*Para mi heroico sobrino*, Steve Hoffman.

Paul Bunyan era el niño más grande, inteligente y fuerte que naciera jamás en el estado de Maine.

Aun antes de aprender a hablar, Paul demostró gran interés
en el negocio de maderas de su familia. Se llevaba el carretón
y recorría el vecindario recogiendo árboles.

Las visitas de Paul causaron tantas quejas, que sus padres anclaron su cuna en el puerto.

Todo iba bien hasta que Paul empezó a mecer su cuna y levantar olas.

Después de pagar los daños, sus padres decidieron mudarse a una región lejana, donde la vida sería más tranquila.

A Paul le encantaba su nuevo hogar en el bosque. Pronto se convirtió en un joven robusto. Era tan ágil, que podía soplar una vela y meterse en la cama antes de que el cuarto se oscureciera.

Todos los días jugaba con sus amigos del bosque. Corría con los ciervos y luchaba mano a mano con los osos.

Una mañana, al despertarse, Paul encontró toda la tierra
cubierta por un manto de nieve azul. Oyó un gemido que
procedía de un ventisquero, y rescató a un becerro temblando
de frío. Paul lo adoptó y lo llamó Babe.

Tanto Paul como Babe crecían a un ritmo asombroso,
pero el becerro jamás perdió el color de la nieve de la que
fue rescatado.

Con el correr de los años, ambos demostraron ser sumamente útiles en el negocio de la familia.

A los diecisiete años, Paul se dejó crecer la barba, y se la alisaba con la punta de un pino.

Por aquel entonces empezaron a llegar a los bosques de Maine muchos pobladores, y Paul sintió ganas de marcharse. Se despidió de sus padres y se fue hacia el oeste.

Paul quería recorrer el país con los mejores leñadores que había. Contrató al célebre herrero Ole, a dos cocineros famosos, Flaco Masa Fermentada y Gordo Rosca de Crema y a algunos leñadores legendarios, como Timoteo Gran Taladro, Murphy Mandíbula de Hierro y los siete hermanos Hachazo.

Paul colocó los edificios del campamento sobre ruedas, para que Babe pudiera llevarlos de un lugar a otro. En cuanto despejaba un área, los pioneros se mudaban y establecían granjas y aldeas.

En las laderas de los Montes Apalaches, una banda
de ogros subterráneos, los Gumberos, emboscaron
a varios de los hombres de Paul.

Paul tomó el cuerno que usaban para llamar a cenar
y sopló una nota estruendosa en la cueva de los
Gumberos, decidido a arrancarles toda su maldad.

Pero para su asombro, los Gumberos respondieron capturando a todos sus hombres. En la cueva se produjo un salvaje, violento y desenfrenado alboroto.

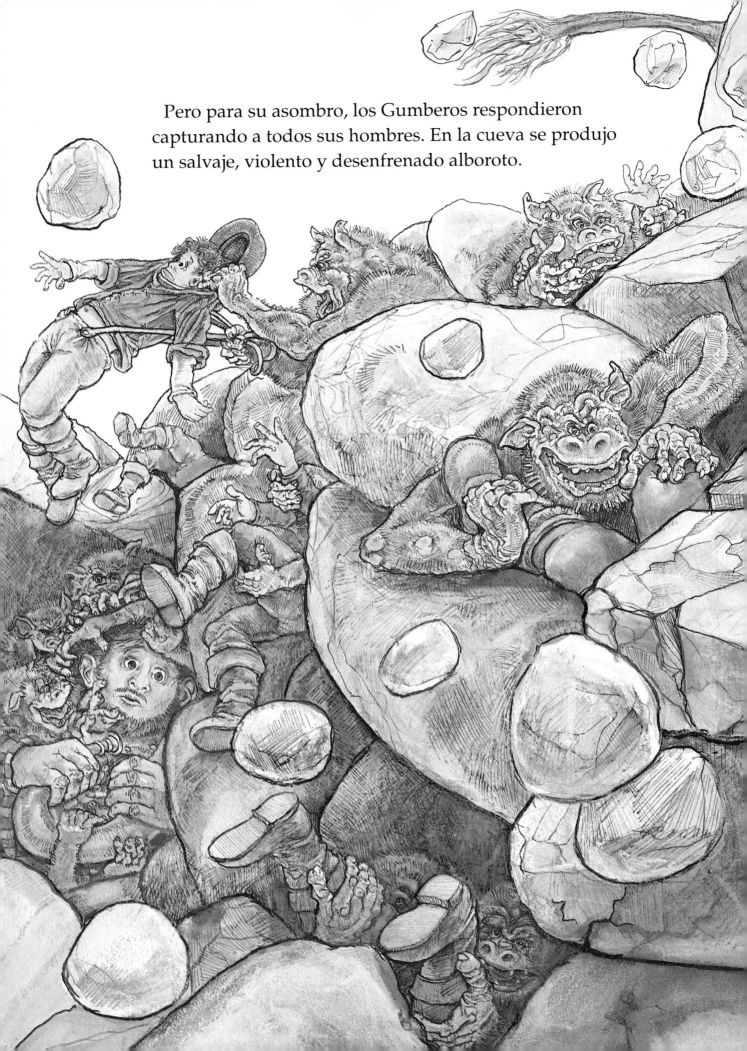

Cuando acabó esa riña histórica, los Gumberos necesitaron
seis semanas para desenredarse.

Después desaparecieron en las profundidades
de la tierra y nunca más se supo de ellos.

Después Paul fue a despejar el oeste medio. Contrató ejércitos de leñadores y construyó grandes barracones. Los hombres subían a dormir en globos y por la mañana bajaban a desayunar en paracaídas. Pero, los cocineros no podían dar vuelta a los panqueques lo bastante rápido como para satisfacer a los recién llegados.

Para resolver el problema, Paul construyó una plancha gigantesca, tan grande, que para engrasarla los ayudantes tenían que recorrerla con trozos de tocino atados a sus pies.

Cada vez que se llenaba de masa la plancha caliente,
un delicioso panqueque saltaba por encima de las nubes.
Casi siempre, los panqueques aterrizaban ordenadamente
junto a la plancha, pero a veces erraban el blanco.

Paul tomó unos días libres para cavar el río San Lorenzo y los Grandes Lagos, para que las barcazas que traían miel de arce de Vermont pudieran llegar hasta el campamento.

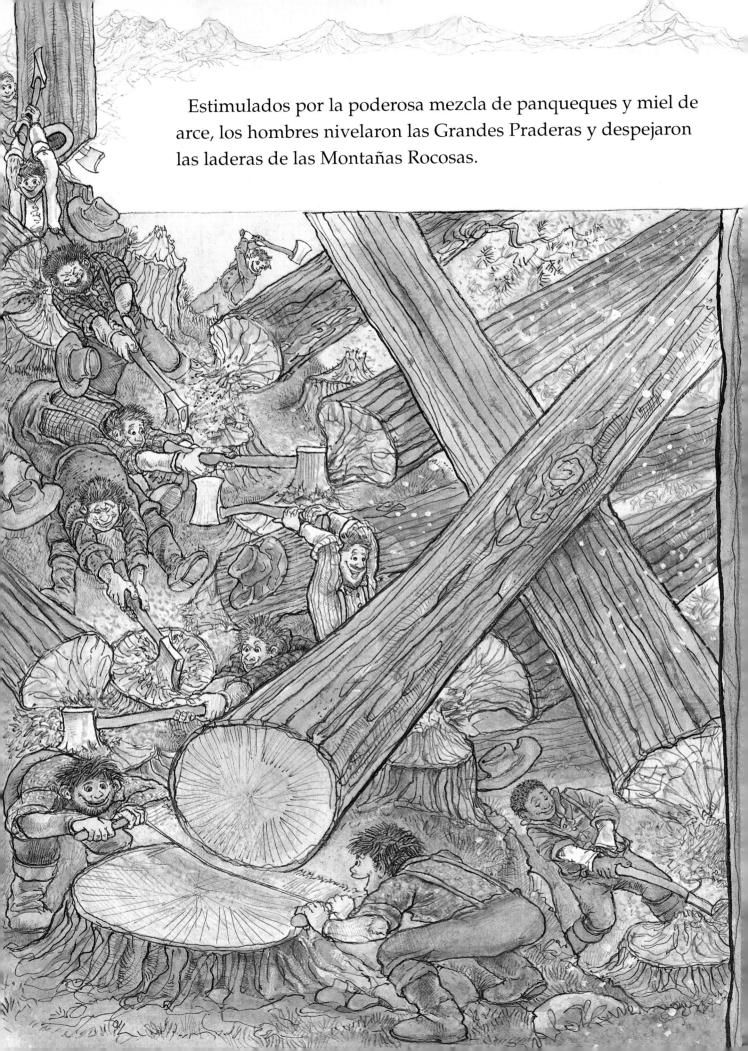

Estimulados por la poderosa mezcla de panqueques y miel de arce, los hombres nivelaron las Grandes Praderas y despejaron las laderas de las Montañas Rocosas.

Probablemente hubieran aserrado hasta los picos de las montañas, si súbitamente una tormenta no hubiese cubierto la cordillera entera de nieve.

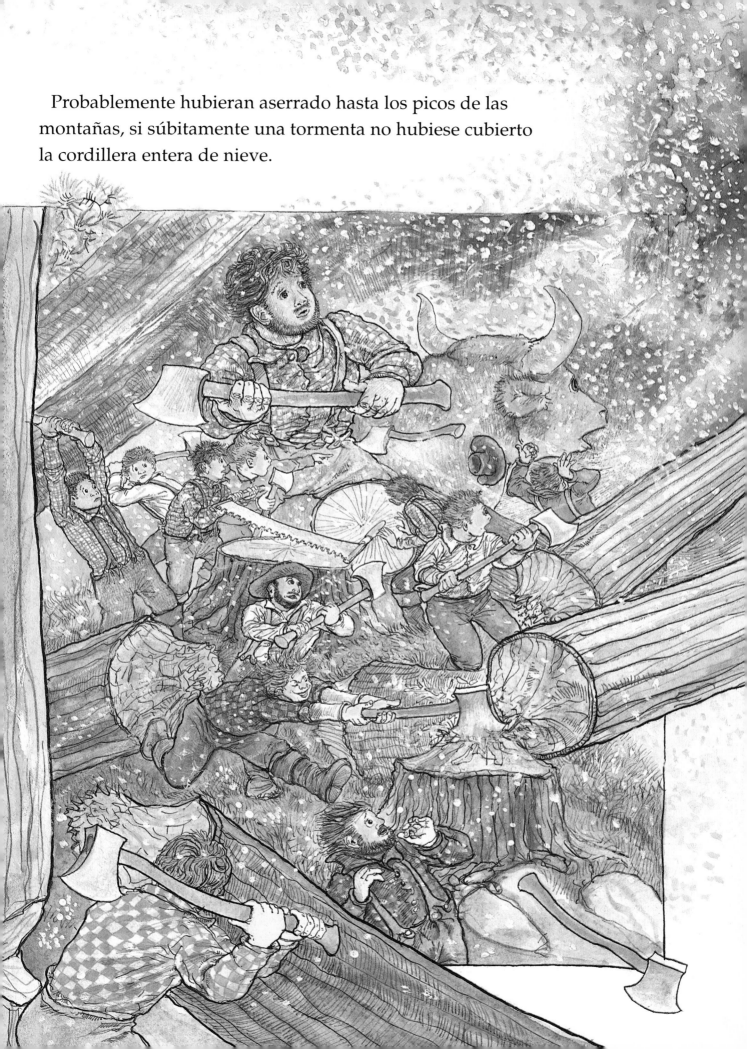

La tormenta duró varios años. Desaparecieron las primaveras, los veranos y los otoños. Los trabajadores se refugiaron en sus barracones e invernaron.

Babe se deprimió tanto que Paul le pidió a Ole que le hiciera unos anteojos de sol a su amigo.

Cuando Babe vio el mundo de color verde, creyó haber encontrado un campo de trébol, y comió la nieve con tal gusto que pronto reaparecieron las copas de los árboles.

Entonces, todas las primaveras que nunca llegaron a ser estallaron, disipando las nubes de tormenta y derritiendo la nieve que quedaba.

Paul y sus amigos invitaron a algunos pioneros recién
llegados a celebrar con ellos todas las fiestas que se
habían perdido.

Después de los festejos, los leñadores siguieron camino.
Pero, cuando iban hacia el suroeste, el sol abrasador y
las gigantescas sabandijas de Texas resultaron ser un
problema mayor del que anticiparon.

El viaje resultaba tan difícil que algunos hombres empezaron
a hablar con nostalgia del tiempo que pasaron enterrados por
la tormenta de nieve o enredados con los Gumberos.

Cuando cruzaban Arizona, la plancha se enroscó como una hoja puesta al fuego y la masa se evaporó. Sin los panqueques, los leñadores se debilitaron y se desanimaron.

El hacha de Paul se cayó de su hombro e hizo una enorme
grieta que hoy conocemos como el Gran Cañón.

El desastre parecía inminente cuando a Paul se le ocurrió un plan desesperado. Se marchó al este y encontró a una familia que le vendió un granero lleno de maíz.

Babe lo llevó a galope a través del desierto.

Cuando el ardiente sol de la mañana azotó el granero, éste explotó, y los leñadores despertaron en medio de una ventisca de palomitas de maíz. Aturdidos de alegría, se pusieron sus mitones y empezaron a lanzarse bolas de palomitas de maíz.

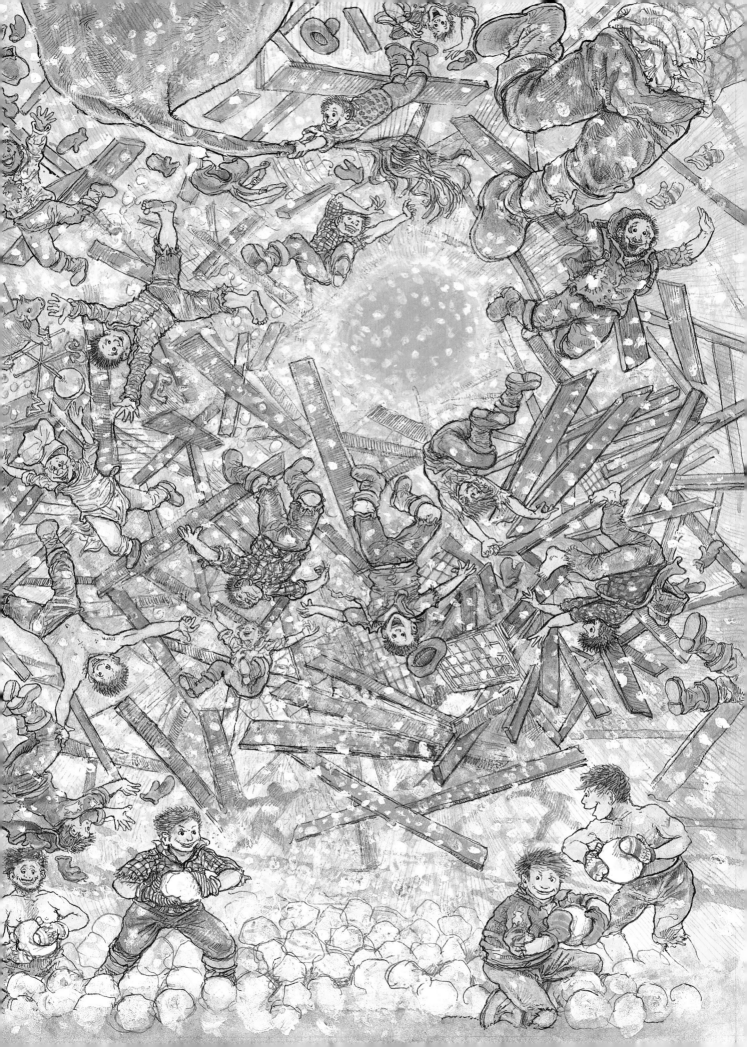

Un viento del oeste mantuvo las refrescantes nubes
de palomitas de maíz arremolinadas alrededor de Paul
y sus hombres hasta que cruzaron California y llegaron
al océano Pacífico.

Después de haber atravesado el país, hay quien dice que Paul abandonó el oficio de leñador y se marchó al norte en busca de selvas vírgenes.

Con el correr de los años, se ha visto a Paul con menos y menos frecuencia. Pero, además de su tamaño y fuerza poco comunes, también parece poseer una extraordinaria longevidad. A veces sus enormes risotadas resuenan, como truenos distantes, en las regiones montañosas de Alaska, donde él y Babe rondan todavía.